LA
SATYRE
DES
SATYRES.

1778.

LETTRE

DU DUC DE....

A L'AUTEUR DE CET OUVRAGE.

JE les ai lus, mon cher Chevalier, ces manuf-
crits que vous avez dérobés trente ans à mon
admiration ; quoi, une Tragédie & des Mémoires
militaires ! une vie du brave Chévert & des Géor-
giques françoifes ! une Tactique & des Epigram-
mes ! Céfar & le roi de Pruffe n'en ont pas tant
fait ; qu'attendez-vous à livrer votre porte-feuille
à l'impreffion ? écrafez de votre célébrité ces gens
de lettres qui s'indignoient de vous voir juger avec
tant de févérité leurs Ouvrages. — Voltaire n'eft
plus ; cet Alexandre en mourant n'a laiffé fon an-
neau à perfonne ; pendant que fes capitaines fe
partagent fon empire , faites-vous roi de votre côté ; je connois plus d'un académicien qui auroit
la modeftie d'être au rang de vos tributaires. —
Adieu mon cher Chevalier , aimez-moi autant que
je vous admire.

RÉPONSE.

NOn , Monſieur le Duc , mes enfans littéraires ne peuvent être que des enfans poſthu-
mes ; & la *ſatyre des ſatyres* que je vous envoie
imprimée eſt mon excuſe : je ne veux point fournir aux Cotin & aux Garaſſe du ſiecle un prétexte
pour ſe venger : ce n'eſt pas que j'aie attaqué, dans
mon poëme , la perſonne de ces faux Ariſtarques ;
je ſuis intimément convaincu qu'un citoyen qui
n'eſt pas flétri par le magiſtrat ne peut l'être légi-
timement par la ſatyre : mais cette défenſe n'en
feroit pas une pour nos Zoyles , il en eſt qui ſe
croiroient moins bleſſés par un libelle contre leurs
mœurs que par une critique raiſonnée de leurs
ouvrages. Je renonce donc à l'idée de livrer mon
porte-feuille aux libraires ; & *ſoldat ſous Alexandre* , je n'aurai point l'orgueil de me faire *roi
après ſa mort* ; je conſacre mes talens (ſi j'en ai)
à la défenſe des gens de lettres ; mais je reſterai
également inconnu au camp que j'attaque & à
celui que je protége ; ma plume ſera cette ſarbacane de l'Inde , dont on n'apperçoit la flêche qu'en
recevant la mort ; Paſchal ne combattit toute ſa
vie contre les jéſuites qu'avec ſa ſarbacane ; &
quelque dangereuſe que ſoit une arme pareille , les
gens de bien me pardonneront ſans doute d'en
faire uſage , quand ils verront que je ne l'emploie
qu'à venger le goût , la raiſon & la vertu.

LA SATYRE

DES

SATYRES.

Tandis que dans Paris le chien de la fatyre
De fa loge où les loix le tiennent renfermé ,
Aboie avec fureur , dès qu'il eft affamé ,
Contre l'homme à talens qui fe permet d'en rire ;
Tandis que de Néron l'apôtre diffamé ,
En profe tous les mois traduit avec génie
Les vers faits par Piron contre l'Académie ;
Et qu'aux bords du Lethé l'Aretin d'Argenteuil ,
Réchauffant le venin de fes rimes perverfes ,
Décore vainement du burin de Longueil
Le fatras trifte & froid de fes *œuvres diverfes* ,
Qui ne firent qu'un pas de la preffe au cercueil ;
Moi qui devenu mur fous les glaces de l'âge ,
N'ai que trop acheté par quatre-vingts hivers
Le droit fi dangereux d'être vrai dans des vers ,
Plus indulgent , plus gai , je ne dis pas plus fage ,
De Zoyle à mon tour je peindrai les travers.

L'Europe vit un jour fur les bords de la Seine
Renaître avec éclat l'urbanité d'Athène ;
La critique amufoit nos efprits délicats :
S'il émanoit du trône un édit inutile,
Si changeant à fon gré les Marquis en Hylas,
Fontenelle à la Cour frédonnoit une idylle,
On décochoit foudain le trait d'un vaudeville,
Mais content de pincer on ne déchiroit pas ;
Malgré le drame anglois & fon bouillant apôtre,
Cet âge qui n'eft plus en vaut fans doute un autre;
Non pas que tourmenté de regrets douloureux,
Vieillard trifte époufant d'impuiffantes colères,
D'un encens indifcret j'aille enivrer nos pères,
Pour le plaifir malin de flétrir leurs neveux:
Tous ces farcafmes vains que de fon banc pou-
  dreux
Lance contre fon fiecle un Caton de l'école,
Ne font aux yeux du goût qu'une froide hyperbole,
On a vu de tout tems un troupeau d'écrivains
Intenter le procès à leurs contemporains ;
Fréron regrette l'âge où Louis - le - Superbe
Noyoit les hollandois pour punir un bon mot,
Préféroit au grand Bayle un rimailleur dévot,
Et faifoit en public pour la gloire du verbe,
Perorer au gibet l'orateur huguenot :
Mais du tems de Racine on regrettoit Malherbe,
Et du tems de Malherbe on regrettoit Marot.

Prenons pour peſer tout des balances pareilles ;
Chaque âge a ſes Orphées , ainſi que ſes Midas ;
Seulement (& chacun peut en rire tout bas)
Nos Midas ſont fournis de plus longues oreilles.
Ces batards de Boileau , d'ouvrages durs & plats
Infectent le palais , & l'égliſe & la ſcene ,
Ils font du champ des arts l'étable d'Augias ,
Qu'un fleuve de bons vers ne laveroit qu'à peine.
Je ne ſuis point Alcide , & mon bras du héros
N'ôſeroit copier les plus minces travaux ,
Nettoyons cependant l'étable littéraire. —

Quel eſt cet Embryon dont l'air attrabilaire
Se décele au travers de ſa fauſſe gaité :
Chrétien , aux eſprits-forts prêchant le ſpinoſiſme ,
Eſprit fort , aux chrétiens prêchant le fanatiſme ,
Et pour ſe dérober à ſon obſcurité ,
Tour à tour dans Paris qu'étonne ſon cyniſme
Apôtre ou détracteur de la divinité ?
C'eſt Sabbatier : ſon livre eſt dans ſes mains impu-
      res ,
Livre où tous les héros des trois ſiecles paſſés
Sont peints au naturel , par trois tomes d'injures ;
Il marche l'air contrit , & les regards baiſſés :
» A tort, dit le caffard , vos yeux ſont courroucés ;
» Si j'ai parlé du ſage avec quelqu'amertume ,
» Mon cœur n'adopte point tout le fiel de ma plu-
      me ,   A 4

» L'intérêt des beaux arts dicte feul mes arrêts,

» Pourfuivre un faux grand homme à grands coups
     de fifflets,

» Du bon goût dégradé c'eft défendre la caufe —

Que parles-tu de goût, apprentif virtuofe ?

Ce dieu, dans aucun tems, n'éclaira ton réduit ;

Au fein de l'indulgence en fecret il repofe ;

Dans le jardin des arts, fi quelqu'un l'introduit,

Sans bleffer fon parfum, il y cueille une rofe ;

D'un coup de fa baguette à l'inftant il dépofe

Tous les faints que ta plume a mis en paradis,

Tandis que des damnés que ta voix a maudits,

Sans redouter d'appel, il fait l'apothéofe. ...

» *Bravo*, s'écrie alors d'un petit ton flûté,

Un Boileau de vingt ans que le clergé protege,

Qui lime avec Grofier un journal avorté,

Et grimpé fur le dos du pedant de college,

S'avance en clopinant vers l'immortalité :

» Mes traits, dit l'écolier, font inconnus peut-être,

» Mais je tiens de mon pere un nom dominateur,

» Dont l'Europe étonnée attefte la fplendeur,

» Et ce nom fuffira pour me faire connoître,

» Je fuis Fréron — en vain dans les champs de
     l'honneur,

» Je combats à côté de l'abbé *des trois âges*,

» A quel titre ofe-t-il du haut de fa grandeur,

» Apprécier l'Europe & juger fes ouvrages ?

» Vous avez fagement reprimé fa hauteur ,

» Qu'il prenne en fes écrits un ton moins dogma-
      tique ,

» Et me laiffe à mon gré régir la république ,

» Dont mon pere en mourant m'a nommé dicta-
      teur.

Le Fréron non fans peine acheva fa tirade ,

Bleffé dès le berceau de la main du guerrier

Qui créa l'Ecoffaife avec la Henriade ,

Du coup qui fit périr fon pere tout entier

Le jeune Aliboron étoit encor malade ;

Plein de fiel cependant contre le Sabbatier

Au prêtre par derriere , il lâche une ruade ,

Que celui-ci lui rend en brave chevalier.

Le précepteur Clément un pied hors de la fange,

Du duel en riant attendoit le fuccès ,

Prêt à le configner dans fon *Journal françois* ;

Journal qu'on lit en France à peu près comme au
      Gange.

» Quand , dit-il , fur la fcène un auteur eft monté,

» Jufqu'à la fin du drame il doit garder fon rôle.

» Un Atlas par des nains ne peut être imité ,

» Sur-tout quand il foutient le ciel fur fon épaule.

» Vous avez vu les nains , vous allez voir Atlas. —

» Le parnaffe agité de guerres inteftines ,

» Attendoit qu'un héros reparât ſes ruines ;

» Foible alors, & jetté dans le rang des ſoldats,

» J'adreſſois le matin, une épître à Voltaire,

» Le ſoir, je déchirois ſa tête octogénaire,

» Dans un pamphlet obſcur que l'on ne liſoit pas ;

» Mais enfin dégoûté de n'être qu'un ſectaire,

» Je tentai pour moi ſeul le haſard des combats ;

» L'état où je vivois n'avoit point de monarque,

» (Du peuple des auteurs tel eſt le droit ſacré)

» Ne pouvant le régir, je m'en fis l'Ariſtarque ;

» Le dieu du goût m'ouvrit ſon temple révéré,

» Et ma voix de ſon ſein bannit l'héréſiarque,

» Que j'y vis à genoux, ſans l'avoir inſpiré.

» Dellile en ce tems-là ſe croyoit un grand homme,

» Parce qu'on vit ſa muſe en jolis madrigaux

» Paraphraſer les vers de l'Homere de Rome ;

» Le Mierre avec candeur exaltant ſes travaux,

» Defioit humblement la critique jalouſe

» De cenſurer ſon *Tell* couronné dans Schaffouſe,

» Et ſe louoit lui-même en louant ſes héros ;

» Impunément, Dorat le poëte à l'eau roſe,

» Provoquant le beau ſexe à ſon apothéoſe,

» Débitoit dans Paris ſes vers & ſes pavots ;

» Je briſai tous ces dieux avec leurs pié-deſtaux.

» Voltaire dans Ferney balançoit ma victoire,

» Mais ſa chûte bientôt mit le comble à ma gloire.

» C'eſt pour lui dérober la gloire de vingt vers,

» Qu'on me vit compiler vingt volumes divers :

» Peut-être il redouta que ma plume hardie

» Ne lançât contre lui quelqu'Encyclopédie,

» Et la crainte avança fa defcente aux enfers. ——

» Ton cerveau , cher ami, me femble un peu
    malade ,

Dit alors au pédant le hibou d'Argenteuil ,

» Si quelqu'un peut lutter contre la Henriade ,

» C'eft le Pope françois qui fit la Dunciade :

» Dans mes notes un jour je le dis fans orgueil :

» Parlez, connoiffez-vous mon chant de l'ambaf-
    fade ?

Clément à ce défi chancelle en fon bourbier ,

Il ne s'attendoit pas à pareille ruade ,

(Car enfin tout Zoyle eft fier fur fon fumier)

Il méditoit déja la plus vive apoftrophe,

Mais à fouper chez-lui le foir même invité

Il n'ofa du vilain hâter la cataftrophe ,

Et quoiqu'il le hait autant qu'un philofophe ,

Sa faim très-prudemment réprima fa fierté.

Paliffot de Clément voyant le long filence

Donne un nouvel effor à fa vive éloquence ;

» Vous favez qu'au berceau je bégayai des vers ;

» Dès-lors j'occupai feul la mufe de l'hiftoire ,

» Et je fixai fur moi les yeux de l'univers :

» Le franc feul en ce genre a partagé ma gloire ,

» Ainfi que Patouillet l'orateur des déferts ;

» Et frere Caveyrac d'odieufe mémoire —

» Jean-Jacques , Helvetius , Diderot & Duclos ,

» Tramoient depuis long-tems une ligue infernale

» Pour ramener l'Europe à fon premier cahos ,

» La fureur de penfer gagnoit les tribunaux ,

» La tolérance même aux états fi fatale ,

» De vingt rois fur le trône attaquoit le repos ;

» Il falloit prévenir d'affreufes cataftrophes ,

» Le monde alloit périr — je fis *les philofophes;*

» Ce drame , je le fais , par François tant loué

» Dans Paris déformais ne peut être joué ;

» Il eft fait pour tomber fans brigues ni manœu-
vres ,

» Le froid , dit-on , le tue auffi bien que mes œuvres ;

» N'importe , il fait époque , & nos doctes Pétau

» Iront , n'en doutez point , dater de ma parade ,

» Comme un grec eut daté de fon Olympiade :

» C'eft le fort d'un ouvrage où tout paroît nouveau ,

» Des décrets contre Henri lancés par la Sorbonne

» De la farce d'André fur le fort de Lisbonne ,

» Et des doctes fermons du capucin de Pau ,

» Toutefois en jouant nos fages fur la fcene ,

» J'excitai le mépris encor plus que la haine :

» Cet affront imprévu fit changer mes deffeins ;

» Pope dans un poëme où régnoit l'ironie ;
» Avoit couvert d'opprobre un peuple d'écrivains ,
» Dont il avoit long-tems fouffert la calomnie :
» Je lui volai fon plan , mais non pas fon génie ;
» La Dunciade alors parut fur l'horifon ,
» Les bons mots des caffés contre le vieil Fréron
» Y parurent traduits , mais en profe rimée ,
» J'y fis voir Marmontel qui broutoit du chardon,
» La mufe de le Mierre en hibou transformée,
» Et d'Arnaud à genoux près du cul de Manon.
» Là je péfe avec foin toutes les renommées ;
» Là Colardeau , Raynal , Diderot & Thomas
» Placés dans mon miroir ne font que des pygmées:
» Tandis qu'un grand le Brun qui reffemble à Mi-
      das ,
» Un françois en tout tems fi fameux dans l'hif-
      toire ,
» Un Aubert . . . (par pudeur je ne me cite pas)
» Ecrafent l'univers du fardeau de leur gloire.

Tel fut de Paliffot le récit importun.
Mon Bavius après mit un frein à fa langue ;
Clément s'en réjouit , car le pedant à jeun
Attendoit pour fouper la fin de la harangue ,
Nos beaux efprits enfin s'apprêtent à partir ,
Mais déjà de l'enceinte ils ne peuvent fortir ;
Tandis que vers l'étable ils tenoient leur féance ;

La fange fous leurs pas ruiffeloit à grands flots,
Et le fiel autour d'eux s'affembloit en monceaux,
Ils veulent s'élever fur cette vafe immenfe,
Mais chacun fe confume en efforts fuperflus;
Au fond du noir bourbier leur poids les précipite;
La pitié parle alors à mes fens éperdus,
Je fends pour les fauver les fanges du Cocyte,
Je m'approche, je parle ... ils n'étoient déja plus.

Quel eft ce jeune athlete échappé du naufrage,
Que je vois de la rive approcher à la nage?
Ah! c'eft toi cher Gilbert, finge d'Aliboron,
Toi qui par tes talens fait pour avoir un nom,
Encelade nouveau, crus dans ta phrénéfie,
Efcalader le ciel de la philofophie
En vers alexandrins dédiés à Fréron;
Je ne te confonds point avec la populace
Qui des vallons du Pinde habite le bourbier,
L'antique Mœvius, le jéfuite Garaffe,
Liniere, Paliffot, Garon, & Sabbatier;
Dans tes vers quelquefois le génie étincelle,
Mais ton *apologie* enfin n'eft qu'un libelle;
Va, ne t'exerce plus dans ces vains pugilats,
Dans l'art de manier le fer de la fatyre,
Art qui fert de talent à ceux qui n'en ont pas;
La médiocrité feule a le droit de nuire;
Le mauvais goût fuivant fon naturel félon

Ecrit mal , & punit quiconque fait écrire ,
Mais le génie eft jufte & n'a point d'aiguillon.

A toi, maître Linguet , tu fermeras la marche ,
Toi dont le fiel inonde & la profe & les vers ,
Toi que les Aretins de ce fiécle pervers
D'une commune voix nomment leur patriarche ,
Tu t'écartes en vain du bourbier d'Augias ,
Au flot qui te pourfuit tu n'échapperas pas ;
Malgré le fot orgueil dont je te vois repaître
Approche, en mon miroir tu vas te reconnoître :
En tout genre d'abord ardent à t'effayer ,
Tu briguas , mais en vain , des fuccès éphemeres :
Tous tes livres morts nés ruinant leurs libraires ,
Tu travaillas dix ans à te faire oublier ;
L'intérêt t'ouvre alors la carriere oratoire ,
C'eft là que mendiant des caufes d'apparat ,
Et jouant en rhéteur le rôle d'avocat ,
A l'aide d'un bon mot tu plûs dans un mémoire ,
Tes clients à ton nom donnerent de l'éclat :
D'Aiguillon même un jour te fit accroire ,
Que tu faifois fous lui quelque bruit dans l'état ;
Mais le bruit dans les arts ne fut jamais la gloire ;
Aux annales des grecs fi Zoyle eft cité ,
Pour avoir fait jadis des factums contre Homere ,
Aux feuls pédans du tems fa mémoire fut chere ,
Et l'opprobre la fuit dans la poftérité.—

Dans ces vers , ô Linguet , ton arrêt eft porté ;
Pourfuis , que l'Aretin te prête fon cynifme ,
Brebœuf fon ftyle enflé , Gilbert fon égoïfme ,
Et le froid Paliffot fa pefante gaité ;
Toi qui n'inventas rien , fais la guerre au génie ,
Du haut de ton grenier fiffle l'académie ,
Infulte froidement la cendre de Colbert ,
Prouve aux vils ennemis de la philofophie
Que l'Europe a grand tort d'admirer d'Alembert ;
De la Seine au Volga les fots pourront te lire ;
Cher peut-être au clergé qui ne fait que profcrire ,
Mais de l'homme de bien juftement rebuté ,
Et par les fouverains que trouble ton délire ,
Puni de tems en tems , mais non perfécuté ,
Banni de ton pays que tu pouvois inftruire ,
Sans amis , fans afyle & fans célébrité ,
Tu mourras , du libraire à peine regretté —
Tel eft le terme affreux où conduit la fatyre.—

Enfin j'ai nettoyé l'étable d'Augias :
Au féjour embelli par l'ombre de Virgile ,
La mienne déformais defcendra plus tranquille ;
J'ai vengé ma patrie , & ne m'en repens pas.
Modernes Aretins que je viens de profcrire ,
Laiffez-là , croyez-moi , le fouet de la fatyre
Ou fi dans fon courroux le mentor des neuf fœurs
Vous a prédeftinés pour rimer des noirceurs ,

Annobliffez

Annobliffez du moins le talent de médire ;
Laiffant dans leur oubli vingt écrivains divers
Dont le crime eft d'avoir une gloire équivoque,
N'époufez pas contr'eux la rage d'Archiloque,
C'eft le fier Juvenal, le fléau des pervers,
Dont l'ombre de nos jours mérite qu'on l'évo-
　　que ;
Donner aux mœurs qu'on bleffe un afyle en fes
　　vers,
Emouffer fous le dais le fer du defpotifme,
Egorger fur l'autel le dieu du fanatifme,
C'eft rendre la fatyre utile à l'Univers.
Eh ! quel tems plus fécond en traits d'intolérance
A jamais avili les faftes de la France ?
Choifeuil a fu venger la cendre des Calas ;
Mais a-t-on dégradé le pontife barbare,
Qui pour de vains couplets que l'on ne chanta
　　pas,
Sous le glaive des loix fit expirer la Barre ?
A-t-on vu dans Paris le Châtelet caffé,
Lorfque par un Arrêt lâchement imbécille,
Il jetta dans les fers l'infortuné De L'isle,
Sage apôtre des mœurs, vertueux infenfé,
Qui parle au cœur humain fans citer l'Evangile ?
Voltaire fit fon fiecle, & ce fiecle glacé,
Du crime de fa mort ne fut point courroucé :
Dans l'Olympe en repos ce dieu n'a pu defcendre ;

B

Le matin avec pompe au théatre amené,
Par les mains de la France il se voit couronné,
Et le soir on refuse un asyle à sa cendre !
C'est sur ces attentats qui nous font frissonner,
Qu'au siecle des penseurs un Boileau doit tonner ;
S'il est dans ma patrie une ame courageuse,
Qui, dérobant Socrate à ses indignes fers,
Cherche contre Anitus une gloire orageuse,
J'oserai l'applaudir du fond de mes déserts ;
Mais vous dont la fureur à la terre inutile
Se consume à ronger de la prose ou des vers,
Arétins insolens, troupeau vil & pervers,
Craignés tout déformais de ma haine tranquille,
A moins que sous le poids de quatre-vingts hivers
Ma tête dégradée à la fin ne succombe,
Je saurai sur l'airain imprimer vos travers ;
Mes vers persécuteurs vous suivront vers la tombe,
Et ne vous laisseront de repos qu'aux enfers.

F I N.

N O T E S

Pour la Satyre des Satyres.

N O T E 1.

. . . . *L'Arétin d'Argenteuil*
Réchauffant le venin de ses rimes perverses ,
Décore vainement du burin de Longueil
Le fatras triste & froid de ses œuvres diverses ,
Qui ne firent qu'un pas de la presse au cercueil.

Il faut apprendre à cette classe d'hommes hon‑
nêtes qui ne lisent point de libelles , qu'un nom‑
mé Palissot , dans une certaine Dunciade , dit à
trois ou quatre bourgeois du Marais qu'il posse‑
de une maison à Argenteuil , où il invite à un
mauvais dîner tous ceux qui disent obscurément
du mal des Philosophes.

Quant au *fatras triste & froid de ses œuvres*
diverses , il est certain qu'on vient d'en faire une
édition dans Liege , à la même Imprimerie d'où
sort tous les ans le fameux Almanach de Matthieu
Lansberg : Le Libraire se flatte qu'à la faveur de
l'œuvre de l'Astronome , il vendra l'œuvre du

Poëte au marché de Rapperchwell , ou à la foire de Francfort.

Obfervons que Paliffot , ayant eu la vanité de croire qu'il fe feroit lire dans Paris , s'il chargeoit fa compilation de gravures , offrit fa bourfe au peintre Monnet , pour qu'il proftituât fon petit talent à faire les deffeins de la Dunciade ; le marché fut accepté , ce qui valut à Monnet une Dédicace de Paliffot & les fifflets du public.

NOTE 2.

C'eft Sabbatier .... fon livre eft dans fes mains impures.

Sabbatier .... il eft difficile de faire connoître cet infiniment petit dans la claffe des gens de lettres ; quoi qu'il en foit , je vais monter mon microfcope.

Un abbé qui avoit traduit Spinofa & fait des contes dans le genre de Grécourt (je ne dis pas avec fon efprit) , n'ayant tiré de fon travail ni gloire ni bénéfice , s'avifa , il y a quelques années , de compiler un gros dictionnaire , fous le titre des *trois fiecles de notre littérature* , où il dénonçoit aux loix comme perturbateurs du trône & de l'autel ceux de nos fages qui avoient le plus

mérité de la patrie & des hommes ; heureufement le livre étoit d'un écrivain qui n'avoit ni
ftyle , ni goût, ni connoiffances ; l'abfurdité des
jugemens littéraires qu'on y portoit détruifit la
confiance qu'on pouvoit avoir dans les jugemens
religieux , & le délateur ne nuifit qu'à lui-même.

Ces *trois fiecles* tomberent dans un fi grand
difcrédit à la cour & dans la capitale , qu'un
homme de mérite fe crut obligé de demander
pardon au public d'avoir été loué dans ce dictionnaire — ; ce défaveu eft imprimé dans tous
les journaux.

On me mande cependant qu'on lit encore
quelquefois le livre de l'abbé Sabbatier au cou-
vent des fœurs de Ste. Claire , à St. Jean-d'An-
geli , & chez les marguïlliers de la paroiffe de
St. Fiacre , dans la vallée de Graifivaudan.

Un philofophe célebre , déguifé fous le nom
d'un théologien , écrivit dans le tems une lettre
pleine de fel & de raifon à l'abbé Sabbatier
fur les erreurs de fon ouvrage. — Remercions
les *trois fiecles* de nous avoir valu cette nouvelle
provinciale.

NOTE 3.

Un Boileau de vingt ans que le clergé protège,
Qui lime avec Grosier un journal avorté,
Et grimpé sur le dos du pédant de college,
S'avance en clopinant vers l'immortalité.

Ce journal est *l'année littéraire*, commencée
par le vieil Fréron de glorieuse mémoire, &
continuée par son fils avec l'aide d'un abbé
Grosier : On a essayé de donner quelque vogue
à cette production hebdomadaire de la sottise,
en provoquant contr'elle les épigrammes de nos
grands hommes : mais la ruse n'a pas réussi, on
croit sur parole les philosophes qui couvrent
d'opprobre *l'année littéraire*, & personne n'a-
chete le journal pour le plaisir d'en vérifier les
inepties.

Il seroit un peu dur de s'appésantir ici sur le
jeune Fréron, à moitié inhumé avec son pere
dans la tombe de *l'Ecossaise* : les mourans & les
morts doivent être également respectables pour
la plume d'un philosophe.

Quant à l'abbé Grosier, c'est un bon pédant
bien stupidement orthodoxe, qui compile tour à
tour une feuille de l'histoire de la Chine & une
feuille de l'année littéraire : il débuta dans la

carriere des lettres par une édition des *confeſſions* du philoſophe Duclos , qu'il orna d'une préface contre les philoſophes ; on trouve tous ſes ouvrages chez les marchands de maculatures.

NOTE 4.

Le précepteur Clément , un pied hors de la fange....

Ce Zoyle - ci eſt un peu plus connu que les autres , non par la mauvaiſe ſatyre qu'il a adreſſée à l'obſcur Paliſſot , non par le libelle intitulé , *mon dernier mot* , non par les énormes volumes qu'il a compilés contre la Henriade , mais par ſes *obſervations littéraires & critiques* , ſur pluſieurs poëmes faits pour jouir du ſuffrage dè l'Europe éclairée, tels que les *ſaiſons* de Saint Lambert & les *Georgiques* de l'abbé Delille : malgré l'arrogance de ſes déciſions , la monotonie fatiguante de ſes cenſures , & les faux poids qu'il introduit ſans ceſſe dans ſes balances , on ne peut nier que l'ouvrage du critique ne ſuppoſe des lumieres , des connoiſſances , & ſur-tout une étude réfléchie de l'antiquité : l'auteur ſe feroit acquis une eſtime générale , s'il avoit ſoumis à ſes *obſervations* non les ſaiſons ou les georgiques , mais la Dunciade. — Il eſt vrai que la critique alors eût été inutile ; car qui eſt-ce qui lit la Dunciade ?   B 4

Clément travaille incognito depuis quinze mois avec Paliſſot à un *journal Français*, auſſi peu connu des Français que le *journal chrétien* de l'abbé Dinouart eſt peu connu des chrétiens.

Je ne puis m'empêcher d'obſerver ici combien ce nom *Clément* a toujours été dégradé en France par ceux qui l'ont porté : le moine Clément aſſaſſina Henri III : le précepteur Clément refait la Henriade : on connoit dans Paris une famille de Clément à la tête de la ſecte Janſeniſte (car il y a encore des Janſeniſtes) qui fait metier d'intenter des procès criminels aux jéſuites & aux philoſophes. — Le meilleur de tous ces Cléments eſt ſans contredit le Clément de Genève, qui a fait les *cinq années littéraires*, & qui vient de mourir fol à Charenton.

NOTE 5.

Delille en ce tems-là ſe croyoit un grand homme,
Parce qu'on vit ſa muſe en jolis madrigaux
Paraphraſer les vers de l'Homere de Rome.

L'abbé Delille eſt, dit-on, un homme de mœurs très-douces & très-honnêtes : il n'a point la prétention d'égaler ſa traduction de Virgile à des ouvrages créés, tels que les ſaiſons de Saint Lambert, l'art d'aimer de Bernard ou la Hen-

riade ; il feroit même affez galant homme pour
convenir que dans l'ordre hiérarchique des livres, tout poëme, quelque parfait qu'il foit, eft
très-inférieur à un excellent ouvrage philofophique. — N'ôtons & n'ajoutons rien à la gloire de
cet ingénieux académicien : je fuis perfuadé qu'il
eft après Voltaire & Colardeau l'homme de ce
fiecle qui a le mieux entendu le méchanifme des
vers ; tous ceux qui ont lu Virgile, ont lu fon
charmant traducteur, & voilà fon plus bel éloge.

NOTE 6.

Le Mierre avec candeur exaltant fes travaux,
Défioit humblement la critique jaloufe
De cenfurer fon Tell couronné dans Schaffoufe,
Et fe louoit lui-même en louant fes héros.

L'Egoifme de le Mierre peut paroître plaifant
quelquefois, mais il n'y a perfonne qui ne foit
tenté de le lui pardonner à caufe de la bonho-
mie qui l'accompagne : il penfe véritablement
de lui tout le bien qu'on eft tenté d'en dire, &
il loue avec la même franchife fes rivaux.

Le grand défaut de fon *Guillaume Tell* eft le
choix du fujet ; il eft certain que l'oreille accou-
tumée à l'harmonie des noms de Bérénice, d'I-
phigénie & d'Agamemnon, fe fait avec peine

à l'âpre prononciation des mots Zurich, Melch-
tal & Stauffacher : il falloit adoucir un peu fur la
fcène françaife ces glouffements Helvétiques, ou
fe décider à n'être joué que fur les théatres des
treize cantons, — quand les treize cantons au-
- ront des théatres.

Au refte, l'exacte impartialité dont je me pi-
que, m'oblige à obferver que le Miètre n'a jamais proftitué fa plume vertueufe à répondre
aux libelles ; qu'il a un talent marqué pour la
poéfie d'images ; qu'on voit avec plaifir fur la
fcène de la nation diverfes pieces de fon théatre,
& que depuis dix ans le public le défigne pour
entrer à l'Académie.

NOTE 7.

..... *Dorat, le poëte à l'eau rofe* ....
Débitoit dans Paris fes vers & fes pavots.

C'eft encore ici qu'il faut adoucir l'ironie amé-
re de l'Ariftarque Clément ; on a, je le fçais, un
peu trop exalté la mufe de Dorat dans la pro-
vince, mais auffi on la rabaiffe trop dans la capitale ; ce poëte eft après Voltaire, l'homme de
France qui a le mieux faifi le ridicule du mo-
ment, & qui l'a rendu, finon avec le plus de
gaieté, du moins avec le plus de fineffe ; fon

poëme de la *déclamation* eſt un chef-d'œuvre à certains égards ; il y a dans ſes *nouveaux torts* & dans ſes *fantaiſies* des piéces qu'on peut citer à côté de celles de l'Anacréon de Ferney ; & ſi, dans ſes comédies, il avoit moins travaillé pour les jolies femmes que pour la poſterité, il ſeroit, je penſe, un peu plus ſûr de ſon apothéoſe.

Ce qui fait le plus de tort à Dorat eſt d'être ſans caractere ; il adula les philoſophes, quand ils étoient en faveur, & il les déchire aujour- d'hui qu'il eſt de mode de les perſécuter ; un homme né pour donner le ton à ſon ſiecle au- roit fait préciſément le contraire : il n'auroit adreſſé aucun hommage au ſage dans ſa gloire, mais il l'auroit défendu dans ſes malheurs de toute l'énergie de ſon courage. — Quoi qu'il en ſoit, Dorat, en qualité d'écrivain, fait honneur à ſa nation, & il ne faut point imputer à la mé- diocrité de ſes talens, s'il n'eſt jamais de l'Aca- démie.

NOTE 8.

Si quelqu'un peut lutter contre la Henriade,
C'eſt le Pope français qui fit la Dunciade.

On ſait, ou plutôt on ne ſait pas dans les provinces, que Paliſſot ayant lu la Dunciade de

Pope dans une mauvaife traduction, vola à cet anglois le deffein de fon poëme & fon titre, & en fit un libelle rimé contre les plus grands hommes de la nation ; heureufement il n'y a dans cet ouvrage, ni goût, ni verve, ni étincelle de génie, & les curieux ne le confervent dans leur bibliotheque qu'à caufe de l'excès de fon ridicule ; on a fait de tout tems le même honneur au poëme de la *Magdelaine.*

Comme il y a encore parmi les ennemis des philofophes, des gens qui font femblant de faire un peu de cas de cette Dunciade bâtarde, il faut motiver le mépris profond que tous les littérateurs diftingués ont pour cette production de la méchanceté & de la fottife.

La *Dunciade* eft la guerre des fots : mais ce fujet, bon pour le fiecle des Entélechies & des Quiddités d'Ariftote, eft fouverainement ridicule dans celui-ci, où il y a plus d'efprit, de connoiffances & de raifon que jamais ; notre fiecle eft, dit-on, à l'égard de celui qui l'a précédé, ce qu'étoit le fiecle de Séneque auprès de celui d'Augufte : mais certainement fi quelque Bavius Romain avoit choifi le précepteur de Néron pour le héros d'une Dunciade, il ne fe feroit dérobé que par l'oubli au ridicule ; & *l'arbiter Elegantiarum* de ce tems-là, le fameux Pétrone n'au-

roit pas manqué de donner au fatyrique une place diftinguée dans fon repas de Trimalcion.

C'eft à force d'imagination & de génie que
Pope fauva le mauvais choix de fon fujet; encore la Dunciade angloife, la plus mauvaife des
productions de fon auteur, n'a-t-elle eu du fuccès que dans Londres, où le peuple aime avec
fureur les combats, & où il ne fe confole que
par le fpectacle de la joute des coqs de l'abfence
des vrais gladiateurs.

Je ne m'amuferai pas à prouver l'intervalle
immenfe qui fépare encore la Dunciade bâtarde
de la Dunciade légitime ; les lecteurs qui ont eu
la patience d'achever l'une & l'autre, favent
affez qu'il n'y a pas plus de rapport entre l'ouvrage de Pope & celui de Paliffot, qu'il n'y en
a entre l'*Iliade* (ou la guerre d'Achille & d'Hec-
tor) & la *Batrachomyomachie* (ou la guerre des
rats & des grenouilles).

Cette deniere Dunciade étoit d'abord en trois
chants, on en ajouta enfuite deux autres, aujourd'hui on la trouve en dix dans la compilation Liegeoife de Plomteux ; on n'ajoute point
ainfi des membres à une ftatue quand la fonte
a réuffi ; le Lutrin de Boileau fortit du moule
avec toutes fes proportions: mais pour des ftatues
fans goût & fans ordonnance, telles que la Dun-

ciade françaife, on peut indifféremment ou couper fa tête ou en ajouter trente ; le ridicule de l'enfemble fixe trop l'attention pour qu'on s'arrête au ridicule des détails.

Cependant cette Dunciade, aujourd'hui fi univerfellement oubliée, fit quelque bruit, en naiffant, dans la capitale : tout le monde étoit curieux de voir comment un Raynal, un Diderot, un Duclos, un Thomas, un Marmontel, un Colardeau, un Dorat, un D'Arnaud pouvoient être des fots, & fur-tout comment un Paliffot pouvoit leur en donner le brevet ; cette énorme extravagance formoit une efpece de problême dont le public cherchoit la folution ; & maintenant qu'il l'a trouvée, il a mis l'ouvrage à fa place, c'eft-à-dire, dans la boue & dans l'oubli.

Cet oubli n'étoit point du goût de Paliffot ; il s'étoit flatté qu'on feroit pleuvoir contre lui les libelles ; ce qui entretiendroit une longue guerre entre le public & lui ; guerre dont il étoit toujours flatteur pour lui d'être le héros ; mais des gens de lettres diftingués ne répondent point à un libelle par d'autres libelles ; ainfi il n'y eut point de guerre, & on laiffa le Cynique d'Argenteuil jetter, tout à fon aife, des pierres à la ftatue de Théodofe.

Au fond, que fignifie un poëme uniquement

fondé fur la vengeance qu'un homme obfcur a voulu tirer de quelques gens de lettres diftingués qui le méprifoient ? Qu'importe au public qu'un nommé Paliffot ait eu des ennemis ? Que lui importe encore qu'il fe venge ? Eh quoi ! fi dans le fiecle dernier, Cotin, ou Rampale, ou Goras (avec qui d'ailleurs Paliffot a tant de rapport) s'étoient avifés de fe venger de Boileau par un poëme didactique bien lourd, bien froid, & bien méchant, le public feroit-il defcendu deux fois dans l'aréne pour voir combattre de pareils gladiateurs ?

J'ai dit que le poëme français de la *guerre des fots*, étoit lui-même un des plus finguliers mo·numens de la fottife ; fur une foule de preuves que je pourrois en donner, je vais en choifir une qui fuffira pour caractérifer mon indulgence; elle eft tirée du chant de la Dunciade qui a pour titre, *le boudoir*.

   » D'autres fujets empruntés de la fable,
   » Ornoient encor ce féjour *délectable* :
   » C'étoit Protée & fes pefans troupeaux :
   » Non loin de là fous l'amant qu'elle adore,
   » Pafiphaë *travaille* au minotaure ;
   » Enfin d'Alcide on voyoit les travaux,
   » Par la vigueur de fes amours rapides
   » *Il étonnoit toutes les Danaïdes.*

Voy. *œuvres de Paliffot*, tom. 3, pag. 102.

Je ne m'arrête point à ce *féjour déleĉtable*, à la groſſiéreté cynique du mot *travaille*, &c. ; mais que penſer de l'ignorance craſſe du critique, ſur je plus célebre des travaux d'Hercule ? L'homme du monde le moins inſtruit ſait que ce héros rendit meres en une ſeule nuit les cinquante filles de Theſpis, roi d'une partie de l'Attique, & voilà mon Paliſſot qui tranſporte la ſcene à Argos, & qui fait Alcide l'époux de ces cinquante Danaïdes, ſi célebres par leur mariage ſiniſtre avec les cinquante fils d'Egyptus & par la tendreſſe héroïque d'Hypermneſtre ; ce qui rend la bévue encore plus plaiſante, c'eſt l'anachroniſme qui en réſulte : les Danaïdes égorgerent leurs époux vers l'an 1511 avant notre ere vulgaire ; voyez la *chronique des marbres d'Arondel*, paragr. IX ; & Hercule ne put *étonner* les cinquante Theſpiades que vers l'an 1326, voyez la même *chronique*, paragr. XVIII ; ainſi l'erreur eſt d'environ 200 ans ; — je demande pardon au public de m'être arrêté ſi long-tems ſur cette Dunciade, qu'il ne connoît pas, & que probablement il ne connoîtra jamais.

NOTE 9.

NOTE 9.

Parlez, connoissez-vous mon chant de l'ambassade.

C'est le chant de la Dunciade où on introduit l'immortel Voltaire, député par Apollon vers la sottise, & se rendant à sa destination monté sur l'âne de la *Pucelle.* — Palissot, qui ne doute de rien, eut l'audace d'envoyer à Paris, au grand homme qu'il jouoit, un exemplaire de ses œuvres ; car il donne volontiers ses livres, quand il ne peut les vendre : Voltaire, qui n'étoit que gai, quand il ne se sentoit pas blessé, rit beaucoup du présent & de l'auteur ; & quand on lui parla sérieusement de Palissot, il répondit très-sérieusement aussi qu'il ne l'estimoit pas assez pour l'accoler dans ses diatribes avec Nonotte, l'abbé Coger & Jean Fréron.

NOTE 10.

Le monde alloit périr . . . je fis les Philosophes.

Cette farce satyrique n'étoit pas le coup d'essai de son auteur ; dès le tems de l'inauguration de la statue de Louis XV à Nancy, il avoit trouvé le secret de faire jouer dans cette ville une mauvaise parade, intitulée *le Cercle*; on y

C

introduit, dans la fcene VIII, le célebre Rouffeau, à qui on fait dire qu'il *eft fâché de s'être fait philofophe*, — qu'il *a écrit ce qu'il ne croyoit pas* — & qu'il *va s'égayer dans une brochure aux dépens de la France* ; on lui recommande *de fe reconcilier avec le fens commun*, & on le fait fortir de la fcene en chantant une ariette du Devin du village ; tant d'audace indigna tous les honnêtes gens ; le roi de Pologne fut fur le point de faire chaffer Paliffot de la fociété littéraire de Nancy ; mais le vertueux Rouffeau eut la générofité de demander lui-même la grace du fatyrique, & celui-ci refta à l'académie avec fon collegue Fréron.

Il ne faut pas confondre cette parade du *Cercle* avec une comédie du même nom qu'on joue avec fuccès fur la fcene françaife ; l'auteur de la comédie a fait, à celui de la parade, l'honneur de lui emprunter l'idée de deux fcenes & de les embellir ; cet écrivain eft le petit Poinfinet, poëte très ridicule, & cependant jugé par le public très-fupérieur à celui qui a fait les Philofophes.

Cette farce fatyrique des *Philofophes* avoit pour but de rendre à la fois ridicules & odieux les écrivains les plus diftingués de la nation ; Diderot, Duclos, Rouffeau, Helvetius, &c ; mais l'auteur fut doublement trompé dans fon attente.

Il n'y avoit dans la piéce ni comique de caractere, ni comique de fituation ; on n'avoit trouvé le moyen de rendre les philofophes ridicules qu'en introduifant fur la fcene l'auteur d'*Emile*, marchant à quatre pattes & mangeant une laitue ; coup de théatre digne de Taconnet, mais que fon inventeur affimile modeftement avec les plus beaux traits du génie du mifantrope.

Paliffot avoit pris un peu mieux fes mefures pour rendre nos grands hommes odieux ; non content de leur avoir fait affurer dans fa farce que *la patrie n'étoit rien*, il leur faifoit dire :

. . . . *tout devient permis,*
Excepté contre nous & contre nos amis.

Il s'agit d'être heureux, il n'importe comment.

Enfuite un d'eux, en vertu des principes abominables qu'on prêtoit à la philofophie moderne, voloit en plein théatre dans la poche de fon voifin ; heureufement le ridicule de la délation en pallia l'atrocité, & le gouvernement qui avoit laiffé Paliffot fonner le tocfin, ne fit point une faint Barthelemi de philofophes.

Cette farce fit du bruit dans le tems ; la cu-

riofité y conduifit comme aux fpectacles d'échaf-
faut ; mais ce feroit fe tromper groffiérement
que de confondre cette affluence de fpectateurs
avec les fuccès dramatiques : fi l'abbé Sabbatier avoit fait jouer fur le théatre de Nicolet
une parade où Voltaire eût paru en fcene avec
polichinelle, Paris entier fe feroit tranfporté
aux boulevards ; mais qui fe feroit jamais avifé,
en defcendant des tréteaux de Nicolet, de par-
ler de la gloire de l'abbé Sabbatier ?

L'impreffion, ce juge incorruptible des piéces
de théatre, a mis à fa place, c'eft-à-dire, au
niveau du néant, la farce trifte & faftidieufe des
Philofophes ; les comédiens ne l'ont point rejouée
depuis l'époque où elle parut, & fi on la re-
jouoit jamais, elle tomberoit fans bruit, comme une piéce plus faite pour exciter le bâil-
lement que les fifflets.

Lorfque cette rapfodie des *Philofophes* parut,
Colardeau eut la foibleffe de comparer fon auteur avec Ariftophane ; l'homme de goût n'eft
point aujourd'hui de l'avis de Colardeau; les *Nuées*,
qui préparerent le fupplice de Socrate, font une
bien mauvaife farce fans doute, mais on y trouve un germe de talent qu'on chercheroit en vain
dans les *Philofophes*; il y a bien loin encore
des *Guêpes* de l'auteur grec, de fa *Lyfiftrate* & de

ſes *Grenouilles*, au *Cercle*, aux *Courtiſannes* &
à l'*Homme dangereux* ; le ſeul ancien à qui on
pût comparer Paliſſot, eſt ce Theſpis qui pro-
menoit ſes baladins barbouillés de lie ſur une
charrette, pour leur faire dire des injures aux
paſſans, — encore ce Theſpis eſt-il inventeur
dans le genre de la parade.

N O T E 11.

Ce drame, je le ſais, par François tant loué,
Dans Paris déſormais ne peut être joué.

Quel eſt ce François ? Ce n'eſt point un abbé
François qui a écrit incognito tant de brochures contre les philoſophes ; ne ſeroit-ce pas plû-
tôt un François à qui je ne ſais quel Parlement
a défendu de porter le nom de Neufchâteau,
qui, depuis l'âge de douze ans, remplit le mer-
cure de bouquets à Iris, qui a fait imprimer dans
le Journal de Paris, le détail d'un long entretien
qu'il n'a pas eu avec Voltaire, & qui a écrit
récemment à Linguet qu'il étoit mort, afin qu'il
fît ſon oraiſon funebre dans ſes annales ?

N O T E 12.

C'est le sort d'un ouvrage où tout paroît nouveau...
De la farce d'André sur le sort de Lisbonne
Et des doctes sermons du capucin de Pau.

Il n'y a personne qui ne connoisse la fameuse tragédie du perruquier André sur le tremblement de terre de Lisbonne, & l'oraison funebre du Dauphin, pere de Louis XVI, par le pere Fidele, capucin de Pau ; il y a peu d'exemples de succès littéraires aussi brillans dans les fastes de la librairie ; je suis persuadé qu'on parlera beaucoup plus long-tems de ce perruquier & de ce capucin que de l'auteur des *Philosophes.*

N O T E 13.

Et D'Arnaud à genoux près du cul de Manon.

L'auteur de la Dunciade françaife a porté le cynisme du libelle, jusqu'à faire graver le portrait de D'Arnaud en regard avec un cul ; il a prétendu, par cette froide caricature, faire allusion à une *épître à Manon*, qu'on a attribuée à l'estimable auteur de *Comminge,* & que celui-ci désavoue.

Il eſt bon d'obſerver que ce D'Arnaud, contre
lequel s'acharne l'Arétin d'Argenteuil, eſt un homme de lettres , également eſtimé par ſa perſonne
& par ſes talens ; qui n'a jamais proſtitué ſa
plume ni à l'adulation ni à la ſatyre , & à qui
il ne manque que d'être plus fortuné , pour
faire par lui-même tout le bien dont il inſpire
le deſir par ſes ouvrages.

N O T E 14.

C'eſt donc toi, cher Gilbert . . . .
Dans tes vers quelquefois le génie étincelle.

On ne connoît de ce poëte que deux ſatyres ,
l'une, dédiée à Fréron , s'appelle *le dix-huitieme*
ſiecle ; l'autre eſt un dialogue entre Diderot &
l'auteur , & a pour titre *mon apologie.*

Ces deux ouvrages ont eut dans Paris un ſuc-
cès même littéraire ; c'eſt qu'ils ſont marqués au
coin du talent ; c'eſt que le burin vigoureux du
poëte y flétrit nos mœurs dépravées , autant que
ce qu'il appelle nos mauvais livres.

 » Vous vantez l'écrivain dont l'audace ano-
       nyme ,
 » Interrogeant les rois ſur leur trône inſultés ,
 » Leur dit obſcurément de lâches vérités ;

» Et vous ofez noircir celui dont la franchife

» Fait aux mœurs de ce fiecle une guerre per-
mife ;

» Qui, d'un ftyle d'airain, flétrit nos corrup-
teurs,

» Et figne hardiment fes vers accufateurs ?
Voy. *mon apologie*, pag. 5.

Cette verve perce jufque dans fes épigrammes
contre les gens de lettres :

» Si j'évoque jamais du fond de fon journal,

» Des fophiftes du tems l'adulateur bannal ;

» Lorfque fon nom fuffit pour exciter le rire,

» Dois-je, au lieu de la Harpe, obfcurément
écrire :

» C'eft ce petit rimeur, de tant de prix enflé,

» Qui, fifflé pour fes vers pour fa profe fifflé,

» Tout meurtri des faux pas de fa mufe tra-
gique,

» Tomba de chûte en chûte au trône acadé-
mique ?
Voy. *mon apologie*, pag. 12.

Le grand tort de Gilbert eft d'avoir été en gé-
néral également injufte envers les gens de lettres
qu'il flétrit, & envers ceux qu'il méprife ; d'a-
voir, en déclamant contre les fectaires, adopté
tous les préjugés de la fecte qui cabale contre les
philofophes, & de fournir à l'autorité crédule

un prétexte pour perfécuter les citoyens qui ho-
norent le plus la nation aux yeux de l'Europe.

NOTE 15.

A toi, maître Linguet . . . .
Toi que les Arétins de ce fiecle pervers ,
D'une commune voix nomment leur patriarche.

Je vais ajouter ici un chapitre au livre *des répu-*
tations ufurpées, que Linguet nous annonce dans
une de fes diatribes.

Perfonne n'ignore que ce fatyrique fit gémir
pendant dix ans les preffes de Paris, fans qu'on
fe doutât de fon exiftence ; les curieux ont con-
fervé une tragédie de fa façon, qu'on croiroit
écrite par Du Ryer, & un recueil de vers où il
fe rend ainfi juftice :

» J'ai fenti deffécher & périr mon génie

   » Sous le poids de l'ignominie

   » Dont mon nom doit être couvert.

Linguet compofa enfuite, pour fa bibliothéque,
le *fiecle d'Alexandre*, les *canaux navigables*, le
théatre Efpagnol, & une foule d'autres livres
dont les noms mêmes n'ont pu échapper à l'oubli.

Les *révolutions de l'Empire* & la *théorie des loix*
font, de toutes ces feuilles de la Sibylle, les feules
que le tems femble avoir un peu refpectées ; il

faut l'attribuer à l'extravagance des paradoxes qui en font la bafe ; je connoîs un homme de goût qui a placé ces deux ouvrages dans fa bibliothéque à côté de l'*hiftoire des Vampires*.

Les mémoires pleins de fiel de Linguet , fes démêlés avec l'ordre des avocats, fes forties contre les parlemens , fes libelles contre nos miniftres , fur-tout la fabrique d'injures hebdomadaires qu'il a été établir dans Londres & en Suiffe , ont fait circuler fon nom dans les gazettes ; fi c'eft-là de la gloire , il la partage avec l'auteur *des trois fiecles* , le François qui a recrépi la Dunciade de Pope & Ramponeau.

Mais fi, comme je le penfe, la gloire n'eft le partage que de l'écrivain, qui étend la carriere des arts, qui ajoute de nouveaux anneaux à la chaîne de nos connoiffances , & dont l'ouvrage, parvenu à fon dernier période de maturité, laiffe une trace profonde dans la mémoire des hommes, qui a moins de droit à la gloire que le fquelette plein de venin dont je fais l'anatomie.

Non-feulement Linguet n'a rien inventé, mais il feroit aifé de prouver qu'il n'eft jamais forti jufqu'ici de la claffe fervile des imitateurs ; toutes fes productions portent l'empreinte d'une efpece de plagiat qui caractérife toujours la ftérilité & l'impuiffance.

Le *fiecle d'Alexandre* & la *théorie des loix*, n'ont été imaginés que d'après l'*Efprit des loix* & le *fiecle de Louis XIV*.

L'aveu fincere eft une efpece de paraphrafe bourfoufflée de l'éloquente diatribe de Jean-Jacques contre les arts & les lettres.

Le charmant conte philofophique de *Candide* a produit la rapfodie dégoutante de la *Cacomonade*.

Cet efprit d'imitation fe décele jufque dans la maniere dont le critique figne fon nom ; il eft certain que fi le célebre Rouffeau n'avoit pas illuftré le nom ignoble de *Jean-Jacques*, Linguet n'auroit jamais imaginé de faire précéder le fien des mots *Henri*, *Simon*, *Nicolas*, qu'il met fiérement à la tête de toutes fes brochures.

Malgré le défaut de génie de Linguet & fes écarts, je dois avouer qu'il n'eft point un écrivain méprifable ; l'imagination la plus brillante perce quelquefois au travers des anciens paradoxes qu'il réchauffe ; fa dialectique, quand elle n'eft point corrompue par fa paffion, eft d'ordinaire très-vigoureufe : enfin on ne peut lui refufer, dans la défenfe de fes clients, une forte d'éloquence & fur-tout une énergie de courage qui rend moins abfurde le parallele que fes adulateurs ont établi entre lui & Démofthene.

Qui fait même fi quelque jour Linguet ne pourroit pas être cité avec diftinction dans les annales de notre littérature? Mais il faudroit, pour opérer cette révolution, que cet écrivain ne prît pas le cynifme pour la liberté de penfer, qu'il ceffât de fatiguer le public de fes querelles éternelles avec fes juges ou avec fes rivaux, & fur-tout qu'il ne fît plus de libelles contre la philofophie, libelles qui ne prouvent autre chofe finon qu'il n'eft pas lui-même philofophe.

NOTE 16.

Prouve aux vils ennemis de la philofophie,
Que l'Europe a grand tort d'admirer d'Alembert.

Il eft de mode aujourd'hui de déchirer le Secretaire juftement célebre de l'académie françaife; on feint d'ignorer qu'il a le premier déterminé la route que l'axe de notre globe décrit dans les cieux, qu'il a fait la préface immortelle de l'Encyclopédie, qu'il eft, avec Fontenelle & le marquis de Condorcet, le feul écrivain qui ait fu louer les gens de lettres, &c., &c.: mais s'il eft, dans fa patrie, des Zoyles qui aient oublié tant de fervices rendus à l'efprit humain; les étrangers s'en fouviennent, la poftérité s'en fouviendra, & cela fuffit à fa gloire.

NOTE 17.

Mais a - t - on dégradé le pontife barbare,
Qui, pour de vains couplets que l'on ne chanta
    pas,
Sous le glaive des loix fit expirer La Barre ?

On fait que le jeune La Barre, gentilhomme de la plus grande efpérance, fut condamné à un fupplice atroce comme *atteint & convaincu* d'avoir chanté, devant une touriere, une chanfon contre la Magdeleine ; on le foupçonnoit auffi d'avoir applaudi à quelques coups de canne que des enfans ivres donnerent, en paffant fur un pont d'Abbeville, à un crucifix; un fage, juftement confidéré, mais que je n'ofe citer ici, dit, à ce fujet, que l'Evêque d'Amiens avoit préparé la fcene fanglante de la mort de La Barre par une farce religieufe, en faifant une proceffion la corde au col, pour demander pardon à Dieu des coups de bâton qu'on avoit donnés à fon image ; — ce prélat eft mort dans fon impénitence finale, c'eft-à-dire, fans avoir reparé ce grand crime ; cependant les fanatiques de fon diocèfe le regardent comme un Saint, & il eft probable que s'il avoit vécu du tems de Grégoire VII, il auroit une place avec lui dans la Légende.

NOTE 18.

A-t-on vu dans Paris un Châtelet caffé,
Lorfque par un arrêt, lâchement imbécille,
Il jetta dans les fers l'infortuné De L'isle,
Sage apôtre des mœurs, vertueux infenfé,
Qui parle au cœur humain fans citer l'Evan-
gile ?

On ne connoît qu'imparfaitement cette étran-
ge perfécution, parce que perfonne n'a eu le
courage d'en écrire l'hiftoire ; — l'homme de
lettres qui l'a effuyée eft l'auteur de la *Philofophie*
de la nature, ouvrage immortel, & le meilleur
livre de morale qu'on puiffe donner aux focié-
tés naiffantes, mais le plus inutile aux états qui
panchent vers leur décadence.

NOTE 19.

Voltaire fit fon fiecle, & ce fiecle glacé
Du crime de fa mort ne fut point couroucé;
Dans la tombe en repos ce dieu n'a pu defcendre,
Le matin avec pompe au théatre amené,
Par les mains de la France il fe voit couronné,
Et le foir on refufe un afyle à fa cendre.

Il eft difficile de peindre l'acharnement avec
lequel le clergé de Paris a refufé la fépulture

au plus grand homme de ce fiecle, quoique,
dans fes derniers momens, il n'eût bleffé en rien
la décence que femble exiger le culte de l'état
où l'on eft né ; il étoit cependant de l'intérêt
des prêtres de ne point faire entendre, au troupeau religieux qu'ils gouvernent, que tout homme qui a du génie, ne peut avoir de la foi; mais
un efprit de vertige s'étoit emparé de tout l'ordre facerdotal, depuis le prélat, fi célebre par
fes billets de confeffion, jufqu'au dernier porte-
dieu de Saint Sulpice ; heureufement le gouvernement, dont l'efprit de paix égale les lumieres,
oppofa une digue au torrent du fanatifme ; ainfi
la nation n'a pas été couverte d'opprobre aux
yeux des étrangers, & on n'a pas jetté à la voirie
la cendre d'un homme à qui l'Europe penfante
érige des autels ; j'aime à croire que cet événe-
ment fera ouvrir les yeux à cette foule de gens
de bien à qui il eft encore permis d'être philofophes ; un certain nombre d'hommes coura-
geux, peu fenfibles à l'honneur vulgaire d'in-
fecter dans une églife les citoyens qui leur fur-
vivent, demanderont, par leur teftament, que
leur corps foit brûlé, & légueront leur cendre
à l'être qu'ils auront le plus chéri, pour être
dépofé, loin des prêtres, dans un lieu qui lui

rapelle fans ceffe la mémoire du génie & de la vertu ; alors le joug de la fuperftition qu'on avoit fecoué pendant la vie fera encore fecoué après la mort , & l'intolérance aura un poignard de moins pour percer les hommes.

F I N.